CHARLES LEGRAND

LE THÉATRE

EN SONNETS

LES ACTEURS

PRIX : 1 FR. 50

PARIS

LIBRAIRIE DE J. SEPPRE

60, RUE DES ÉCOLES, 60

1870

CHARLES LEGRAND

LE THÉATRE
EN SONNETS

LES ACTEURS

PARIS

LIBRAIRIE DE J. SEPPRE

60, RUE DES ÉCOLES, 60

1870

A MON PÈRE

I.

MIOLAN-CARVALHO.

Une voix frêle et pleine de tendresse,
Comme un bruit d'aile effleurant des rameaux,
Comme un murmure étouffé de grands flots,
Comme un sourire et comme une caresse.

Des traits légers frais et capricieux,
Un chapelet de gammes emperlées,
Un trille vif, et des notes voilées,
Lentes, mourant d'un air mystérieux.

C'est *Chérubin* qui pleure et que soulève
L'amour confus. — *Juliette* qui rêve
De t'enchaîner en ses bras, *Roméo!*

C'est *Marguerite* aux cieux jetant son âme,
Le charme exquis, la douceur et la flamme,
C'est l'art sublime et c'est vous, Carvalho!

II.

GOT.

Celui-là. c'est le maître et le grand amuseur,
L'œil frétillant d'esprit ou s'éteignant tout bête,
Le nez à l'aventure et carrément moqueur,
Bien étonné de front et bien mouvant de tête ;

La voix sonore et drue, à l'oreille éclatant
Incisive — Le rire aux lèvres fin et leste,
Et ce je ne sais quoi de vif, d'étourdissant,
Qui décrit d'un regard et qui dépeint d'un geste —

Chercheur, osé, scabreux et franc original,
Ne boudant pas au trait, et l'envoyant brutal,
Sans peur d'effaroucher la bourgeoise manie.

Réaliste avec force et finement nigaud,
Malicieux, vivant, endiablé — d'un seul mot :
Le présent dit talent et l'avenir génie.

III.

AGAR.

O pâle et sombre reine ! — O marbre pur ! — Déesse
A la voix froide et calme, au regard nonchalant,
Aux bras éblouissants, au corps plein de mollesse,
Au geste lent et fier qui meurt superbement ;

Toi, dont la lèvre sait s'indigner, non sourire ;
Dont la majesté veut la pourpre du pouvoir ;
Toi, qui sais le correct et n'oses le délire,
Et qui fais admirer mais non pas s'émouvoir ;

Pourquoi les dieux jaloux n'ont-ils pas en ton âme
Froide précipité cette invincible flamme
Qui fait bondir les mots et jette le frisson !

Pourquoi ne peux-tu pas, magnifique indolente,
Soulever à ton verbe une foule brûlante !
Ah ! ton nom lumineux serait *Perfection.*

IV.

HYACINTHE.

Un nez, un nez, et puis... un nez encore
Pyramidal, inouï, renversant,
Long, large et lourd, insensé, triomphant,
Étincelant, un astre, un météore;

Un nez qui prend tout votre étonnement,
Un nez jaloux qui la face dévore,
Nez sans pudeur, qui force obstinément
L'éclat de rire et le bravo sonore.

Mais sa mimique? elle est toute en son nez.
Mais son talent? pardieu vous m'étonnez,
Il a son nez, et c'est lui qu'on adore.

Ce nez est tout, et le reste n'est rien;
Et ce sonnet eût dû sonner sans fin :
Un nez, un nez, et puis... un nez encore

V.

FARGUEIL.

Nez aquilin, la tête fière
Et grande — un grand air insolent.
— Un talent tout d'emportement,
Faite pour brûler l'adultère.

Le geste lent, exagéré,
La voix qui fatigue, traînante —
Abusant de l'air égaré;
Mais des élans, ou, violente,

Elle vous mord comme un acier
Et vous force à vous écrier
Plein d'un étonnement immense :

Ce n'est pas naturel, c'est beau!
On peut l'arrêter d'un seul mot;
Et ce mot, c'est : Son Insolence !

VI.

LAFONTAINE.

Brun, grand, passionné, plein de verve et d'audace —
Du feu dans la prunelle — un geste outrepassant
Le but, mais énergique — emporté, chaud, vivace,
La voix sonore, mais rude et par trop d'accent.

Impatient, il traîne aux rôles terre à terre —
A la convention indocile à plier,
Il lui faut s'enflammer, éclater, et crier ;
Insuffisant au calme, et beau dans la colère.

S'il moque sans esprit *Oronte* et son vers lourd,
Nul ne sait mieux rugir, *Alceste*, ton amour !
Les autres soupiraient — il le vit — On peut rire

De lui, le critiquer, mais être indifférent
Jamais ! — Pour l'achever de peindre carrément :
S'il est bon, excellent ; et s'il est mauvais, pire.

VII.

PIERSON.

O chair lactée, ô cheveux d'or,
O front d'ivoire, ô rire rose,
Glauque regard qui, frais, repose,
O sein de neige au doux essor !

C'est Vénus de la lame éclose,
C'est Ève étincelant au jour,
La fraîcheur, le parfum, la rose,
C'est le printemps et c'est l'amour.

Donc, comment voulez-vous madame,
Quand vous prenez les yeux et l'âme
Et nous perdez de désirs fous,

Qu'on puisse votre jeu décrire?
Est-ce qu'on entend? on admire.
Que ne vous enlaidissez-vous?

VIII.

DELAUNAY.

La tête pâle et blonde — insolent de narine,
Un peu gras, svelte encor cependant et léger,
Un sourire d'esprit — des yeux prompts à changer,
Humides, disant bien l'amour, — la voix trop fine,

Qu'il force un peu ; pourtant de la douceur, — la main
Molle et blanche à ravir, le geste une caresse —
Vif et lent, fier et doux, viril et féminin,
Un parfum d'élégance, un rayon de jeunesse.

L'amoureux plein de grâce et des éclats haineux,
N'osant croire son cœur, sceptique, dédaigneux,
Cherché, venant parfois à se railler lui-même ;

Un peu par trop Musset, trop de charme et d'apprêts,
Pas assez de fureur et de désordre — Après?
Trouvez qui sache mieux nous murmurer : — Je t'aime

IX.

DESCLÉE.

Le visage mignon, des yeux presqu'étonnés,
Un peu saillants, clairs et luisant comme escarboucles,
Des cheveux floconnant blondins en mille boucles,
Une voix frêle avec des accents mutinés —

Presqu'un zézayement, mais si fin qu'il y touche
A peine, et si câlin — des gestes tapageurs,
Imprévus, enfantins, caressants et moqueurs,
Le rire errant, boudeur aux fraîcheurs de sa bouche.

Quelque chose innocent, mais sans virginité,
Gai par pétillement et non pas par gaîté,
Un esprit curieux où l'on ne sent pas d'âme.

O Desclée, ô charmeuse, ah que vous savez bien
La nuance moderne et le Parisien,
Esprit, vice, démon, ô femme trois fois femme !

X.

PRADEAU.

Un bon gros court et craquant de santé ;
Face lunaire et bien épanouie,
Petits yeux ronds, et gros nez épaté,
Triple menton, bonne voix réjouie ;

L'oreille rouge et large entripaillé,
Laissant s'ouvrir et courir aux oreilles
L'hiatus franc de ses lèvres vermeilles,
Et de gilet toujours entrebâillé.

S'il vient, l'on rit, s'il s'en va, s'il séjourne,
S'il est bavard, s'il se tait, s'il se tourne
D'un rire sain qui ne lasse jamais.

O toi, dont on ne peut tenir la vue
Sans s'esclaffer, riant, je te salue,
O bon gros court qu'eût signé Rabelais !

XI.

FAVART.

Un visage un peu long, d'une pâleur ambrée,
Des cheveux insolents, un front pur, de grands yeux,
Sous la paupière lourde embrasés, — lèvre ombrée
De dédain, col flexible et sein tumultueux.

La voix fuyant d'abord monotone et plaintive,
Pour jaillir en éclats et mordre bien au cœur ;
Un corps semblant de marbre et, quand l'éclair arrive,
Se tordant plein d'amour, s'écrasant de douleur.

Ah ! que la haine est belle à se ruer farouche,
Ah ! que l'amour est doux à couler de ta bouche !
Quelle fierté, quel feu, quel désordre, quel art !

La passion, c'est toi — toi la vie et la flamme !
Et ce cri, malgré nous, à te voir, part de l'âme :
Bien rugi, par les dieux ! O lionne, ô Favart !

XII.

SAINT-GERMAIN.

Moyen de taille et l'œil malicieux,
Une épigramme éternelle au sourire,
Front impassible et l'accent paresseux,
Sans grimacer faisant sonner le rire;

Le geste sobre et le mot incisif,
Tête mobile et renversante moue,
Fin comme l'ambre et se faisant naïf,
Si naturel qu'on dirait qu'il se joue;

Pierrot posthume, ou jeune vieux cassé,
Tourlourou fier ou *Scapin* abusé,
Sous la farine ou dans notre habit triste,

Réel sans charge et sans abaissement,
Inimitable en l'ahurissement,
Changeant, nouveau, mais avant tout, artiste!

XIII.

ARNOULD-PLESSY.

La poitrine royale et des yeux encor vifs ;
Du talent, de l'esprit, encor plus de manière ;
La bouche tortillée, une voix singulière
Caressant et traînant de petits tons plaintifs.

Le bras beau, la main fine, une assez noble allure,
Des gestes enfantins... en retard, mais charmants,
De l'audace et du goût en ses ajustements,
De l'art beaucoup, trop même, et gâtant la nature.

Des défauts ! à choisir ; mais celui qui croirait
L'assemblage ennnuyeux et lourd se tromperait.
Tout cela forme un tout coquet, qui point ne lasse.

C'est affecté, traîné, maniéré, c'est faux,
Mais ravissant, si bien qu'on en vient à ces mots :
Ah ! pour tant de défauts, madame, on vous rend grâce.

2

XIV.

GIL-PEREZ.

Un comique minuscule
Qui pleurniche incessament
De la voix, et qui vous brûle
Les planches — tout capricant,

Superbe en gandin jocrisse
D'amour, sot et vaniteux,
Bavard, entêté, gâteux...
L'esprit... comme la Palisse.

Toujours mêmes voix et sauts.
Un pître, disent les sots;
S'il est amusant, bélîtres!

Hors l'ennuyeux tout est bon;
Est-il ennuyeux? Hé non
Au diable! hurrah pour les pîtres!

XV.

NILSSON.

Blonde, d'un blond pâli chargé de teintes grises.
Blanche, les traits carrés, le regard d'un bleu froid,
Une voix métallique et s'en allant tout droit
Périlleuse — où l'on sent comme passer des bises,

Nette comme un cristal — un charme singulier,
Étrange, sans douceur, prenant l'esprit, non l'âme ;
Un geste rare et faux, tranchant comme l'acier —
L'éclat sans la chaleur, belle, mais non pas femme.

A la mode. Un succès d'impassibilité,
De voix pure et hardie et de facilité,
D'étrangeté, de blond et surtout de jeunesse.

Agréable, à vrai dire, et charmante parfois ;
Mais trop de sûreté, de calme suédois.
N'aime pas l'art, s'en sert, et finira duchesse.

XVI.

LEROUX.

Marquis, vous êtes un vrai foudre
D'élégance et d'amusement,
Quand sémillant, frais, sous la poudre
Vous sautillez, craquez, charmant.

On vous trouve un peu gras peut-être
Et lourd sous notre hàbit brutal ;
Laissez-le donc au clou, mon maître,
Puisque vous êtes sans rival

En poudre, et que là , vif et leste,
On vous voit vingt ans — j'en atteste
Votre air et votre rire exquis,

Ce rire incessant, clair, unique ;
Si des bravos le bruit vous pique
Riez vite... et sautez Marquis !

XVII.

THIERRET.

Massive, hommasse, un nez semi-busqué,
Des petits yeux riotant de malice,
Un rire à peine esquissé, qui se glisse
Demi-railleur aux lèvres embusqué ;

Large, carrée et fournie en moustaches,
Le pas troupier et le geste hâbleur,
Tête à turban, à cocarde, à panaches ;
La femme-charge, et de très-belle humeur ;

Il faut la voir pudique en ses œillades,
En confidence ébaucher ses cascades,
Et se frapper le sein gaillardement.

Un vrai gendarme empêtré dans la jupe,
Tant qu'on a vu Pitou, se croyant dupe,
Pouffant, crier : *Bravo, ma commandant !*

XVIII.

BEAUVALLET.

Petit, les yeux perdus sous des sourcils broussaille,
Une voix lourde, basse et sachant retentir
Rude, mais sans mordant, sans l'accent qui fouaille,
L'effort du geste énorme et le voulant grandir.

Tragédien sans âme et sans étonnement,
Lourd en la dignité, grossier dans la rudesse,
Meilleur quand il est simple et cherche la tendresse,
Et ne veut point tonner son rôle obstinément.

La tragédie est morte, il veut de ce cadavre
Faire jaillir la vie et l'éclair, mais il navre;
La tragédie est morte, et sa voix n'y fait rien.

Mais il est un de ceux qui font le moins de honte
Au cothurne, et ceux-là le jour qui luit les compte.
Somme toute, amusant comme un alexandrin.

XIX.

SARAH BERNHARDT.

Zanetto, Zanetto mon ange,
Élégante et mignonne enfant,
Certes, vous avez sous la frange
De vos cils bruns un feu charmant

De la jeunesse et de l'étrange,
Du mignard et de l'enfantin,
Les cheveux bien mis en archange,
Et le geste doux et calin;

De bravos vous faites vendange;
Mais quelle rage vous démange
De mettre de l'âme partout?

Un peu d'allure! — allons, tout change,
La mode fuit et l'art se venge,
Mais le franc seul reste debout.

XX.

RÉGNIER.

Maigre, leste et nerveux — un petit renfrogné
De front, la voix nasale et vive sans désordre,
Savant, vivant, tout verve ; un seul défaut ou mordre :
Entre chaque couplet le silence grogné.

Un peu claquemuré dans le « *Dandin sublime* »
Au moderne — mais là si vrai, simple et touchant,
Si digne en le pardon, si grand quoique victime,
Qu'il attendrit au mal qu'on accueille en pouffant.

Et qui vit mieux *Scapin* en vrai fils de Molière !
Qui mieux aussi pourrait prendre en l'*Aventurière*
Ces airs de sacripant et d'ivrogne attendri,

Raisonner *Sganarelle* et trembler le *Sosie*,
Étaler en *Jourdain* de mine plus saisie,
Et nous congédier plus las d'avoir trop ri !

XXI.

DÉJAZET.

Un tout petit gamin vous frétillant le diable.
Insolent comme un page et fin comme un démon,
Coulant comme une anguille, effronté, vif, luron,
Doucereux, turbulent, inconstant, adorable.

Tous les vices, l'esprit, une verve d'enfer —
Chérubin et Faublas, un enfant presque femme —
Un soupçon de voix fraîche et caressant bien l'âme ;
Tout cœur et raillerie, un salpêtre, un éclair.

Et tout cela courant et jurant comme quatre
Escaladant, sablant, toujours prêt à se battre,
Musqué, frisque, craquant — Vous murmurez seize ans...

Seize ans ! c'est Déjazet — et que nous fait un âge,
Quand le geste est vif, et quand courent au visage
L'esprit de la jeunesse et le feu du printemps !

XXII.

BRESSANT.

Très-grand et très-bien fait, très-impassible — Un homme
Superbe, de front large, et de cheveux correct —
Point débraillé, de froid, mais d'imposant aspect ;
Plutôt un gentleman, mais presqu'un gentilhomme.

La voix ample et virile, un geste grand et pur —
L'amoureux d'aujourd'hui, raide, qui point n'appuie
Sur l'amour et dit « J'aime » avec un calme sûr.
Un air d'Antinoüs enfraqué qui s'ennuie.

Juste sans nul effort, fin sans vivacité,
Le goût même joint à la même dignité,
Portant l'or et l'épée avec impertinence ;

Almaviva charmant et très-beau *don Juan;*
Il excelle au moderne en sceptique galant;
Et son nom en français se prononce : Élégance.

XXIII.

THÉRÉSA.

·Une fille solide, avec des yeux chargés
    D'éclairs et de furies ;
De grandes mains, des bras musculeux et forgés
    Pour toutes crâneries.

Plébéïenne, la voix a des heurts et des chocs
    Et des hoquets étranges,
Cela hurle et s'enroue et semble un bruit de brocs
    D'ivrognes en vendanges,

Le tout accompagné de torsions de flanc.
C'est ignoble — pourtant cela vit et c'est franc,
    La passion l'éclaire.

Il semble voir rugir l'iambe de Barbier ;
C'est chaud, c'est révoltant et cela fait crier :
    Liberté de barrière !

XXIV.

MAUBANT.

Majestueux, froid, digne et de haute stature,
Le geste suffisant, juste, mais sans chaleur ;
Le masque peu changeant, l'aplomb du raisonneur,
De l'école, du goût, de l'art, peu de nature ;

Inhabile au trait vif, apte à bien exprimer
Tout ce qui se dit lent, sans éclat ni mollesse,
Déroulant simplement, sagement la sagesse,
Sachant parfois frapper, peu surprendre ou charmer.

Une voix grave, sûre et sans accent calin,
Où le vers précis, mâle et fier de Poquelin
Sonne bien, ramenant le repos à la rime.

Un père, un frère, un sage et qui veut le respect.
Ennuyeux ? Non, trop juste — Amusant ? Non, correct.
Moins qu'un succès criant, plus qu'un succès d'estime.

XXV.

C. CHAUMONT.

Trop courte et des traits chiffonnés
Où tout incessament grimace,
Des petits yeux blagueurs, un nez
En l'air et tout pétri d'audace.

Un air de furet frétillant,
Un filet de voix, qui, caustique,
Lance le trait en pétillant,
Un geste libre — une mimique

Osée — un langage falot,
La verve insolente, un brio
A dérider le plus rebelle,

Et lui décrocher un souris —
L'esprit d'un gamin de Paris
Se démenant en corps femelle.

XXVI.

FAURE.

La tête longue — des yeux ardents — Presque blond,
Mais d'un blond vigoureux, noir par places — la bouche
Forte et rouge, habile à jeter le cri farouche,
A s'ouvrir à la gamme audacieuse, au son

Large, mâle, plein, sûr, profond ; une voix d'homme
Chaude — douce parfois, oui, mais virilement ;
Magnifique au harnais brillant du gentilhomme,
Sous l'épée et sous l'arc fier, terrible, élégant.

Comédien surtout ; un peu forcé d'allure,
Mais l'opéra le veut peut-être — Une nature
Complète — Parfait, oui, trop parfait seulement,

Si bien qu'on en arrive à le vouloir en faute,
Lassé de sa superbe — On compte sans son hôte.
Laissez-nous reposer d'applaudir, *don Juan.*

XXVII.

DELAPORTE.

O vous, toute charmante et mignonne ingénue,
Qui, vers le froid Oural emportée, oubliez
Le Paris dédaigneux qui vivait à vos pieds,
Pourquoi n'êtes-vous pas encore revenue ?

Je sais que l'or là-bas est fécond — que les fleurs
Cachent le diamant et qu'une foule ardente
Vous crible de bravos fous. — Sont-ils plus flatteurs
Que les nôtres, voyons, répondez-nous, méchante ?

N'avez-vous pas l'ennui des jours neigeux au cœur ?
Ah ! craignez de gâter cette fragile fleur,
Ce duvet de talent, ce délicat suprême

Qui ne vît qu'à Paris ! revenez-nous, nos gants
Ont hâte de craquer sous les bravos bruyants —
Doutez-vous à présent qu'on regrette et vous aime !

XXVIII.

PAULIN MÉNIER.

Fait pour jouer les êtres grossiers, courts,
Les scélérats à trogne louche et basse,
A la voix rauque, aux pas fauves et lourds,
A l'œil vairon qui pétille et finasse,

Brutes, n'ayant rien d'humain, furieux
A la proie et pétris d'immonde boue,
C'est là qu'il faut voir son rictus affreux,
Son geste ignoble et sa voix qui s'enroue.

Quel Choppart beau de sale vérité,
D'audace lâche et de férocité,
Inquiétant lors même qu'il est drôle !

Lui seul est grand dans ce genre effrayant,
Mais n'en sort pas ; fait dire justement :
Superbe ! mais trop acteur d'un seul rôle.

XXIX.

MASSIN.

Des traits coquets, calins, mignons,
Un nez fin aux ailes de rose,
Des yeux d'azur doux et démons,
Une mignarde et fine pose,

Des lèvres, arc d'amour exquis,
Un teint nacré, des cheveux pâles
Semés de longs reflets d'opales,
Des pieds et des mains de houris.

Une adorable créature,
Vrai portrait en miniature
Au teint de lys, au rire feu,

De plaisir tout épanouie —
— Mais son talent? quelle folie!
... Miniature aussi, pardieu!

XXX.

TAILLADE.

Les traits heurtés, saillants, plutôt rudes que gros;
Les yeux fatigués, gris, enfoncés sous l'orbite
Cave — le débit sec, saccadé, qui s'irrite;
Très-nerveux, très-subit, très-chercheur et très-faux.

Usant du geste outré par amour du sublime,
Se tourmentant si fort d'étonner qu'il se perd;
Ridicule — là même il mérite l'estime.....
Quelques éclairs heureux dans un ciel bien couvert.

Tout le déclamatoire et le pompeux, l'emphase
Le portent; il s'élève, — et le simple l'écrase.
Je le voudrais jouant quelque rôle effrayant,

Un Caliban, des fous, un monstre, un parricide,
Quelque chose inouï, de vraisemblance vide;
Malgré tout, un artiste étrange et saisissant.

XXXI.

ÉMILIE DUBOIS.

Tête mignonne et frisée et blondine,
Un petit air de pudeur... effronté,
Un teint rosé que nul penser ne mine,
Très sautillante ; une ingénuité

De serre chaude à mignardes allures
D'enfant gâté, de tout, tout petits cris,
Petits bonds, et grimaces de souris
Plongeant leur nez rose en des confitures ;

Pensionnaire éternelle, abusant
De l'enfantin et de l'intéressant,
Trop récité vraiment quand on y pense ;

Une poupée au frais ajustement
Qui se tient droit, et dit très-savamment :
« *Papa, maman...* » et fait la révérence.

XXXII.

RAYNARD.

Une large figure où tout tend à s'ouvrir
Gaîment — des dents à fleur, un printemps sur la joue,
Une bouche de taille où, madré, glisse et joue
Un rire bien portant, prompt, à tout réjouir.

Petit, carré d'allure, air franc et jambe leste —
Assez sournois de l'œil et de nez curieux —
Grasseyant un peu trop, mais si sobre de geste
Quelque chose de rond, de naturel, d'heureux.

Son triomphe est le jeu demi-fin, demi-bête ;
Quand craintif, inquiet, et des pieds à la tête
Mal à l'aise, il sourit de ce rire géné

Qui dans un bégaîment niais se glace, expire.
Un des meilleurs champions du juste et bon franc rire.
Un fin diseur caché sous l'aspect Gros Réné.

XXXIII.

GALLI-MARIÉ.

Mignonne, le teint chaud, avec un rayon fauve
Et sauvage en des yeux longs, profonds, assombris —
Une voix inégale et rude, qui se sauve
Par la passion sourde et de superbes cris.

La lèvre large et pourpre, au rire et à la haine
Prompte ; le cheveu lourd, d'ébène, avec des ors
Pour reflets — une jambe au maillot fine et pleine ;
Étrange, poétique... enfin le diable au corps.

Comme elle rugissait cette chanson farouche
De *Lara* — quels éclairs, quelle rage en la bouche,
Comme elle dit *Fadette*, et soupire *Mignon*,

Égrène Pergolèse en riant — C'est une âme
Imparfaite, indocile... oui, mais la seule femme
Pouvant rire Molière et blasphémer Byron.

XXXIV.

MILHER.

Un bouffe, et des meilleurs — Ce pantin, dira-t-on?
Je n'en suis pas bien sûr; je sais qu'il exagère,
Qu'on pourrait esquisser de façon plus légère
Un type, et mesurer plus le geste et le ton;

C'est possible, mais là, dans tout ce qu'il débite
Rien n'est écrit, lui seul fait le rôle et l'accent;
Oui, malgré le forcé, le fou, l'ahurissant,
Je sens comme un talent personnel qui s'agite.

Il a des mouvements de jambes et des sauts
A pouffer, des accents inouïs, et des mots!...
Il charge et néanmoins est toujours en son rôle.

C'est insensé, mais franc, bruyant, mais naturel;
Il se dément si peu qu'il semblerait réel.
Moi cela me paraît moins cocasse et plus drôle!

XXXV.

DAMAIN.

Parce que l'on a la figure
Charmante, des yeux pleins d'esprit,
La plus facile et franche allure,
Une bouche fraîche qui rit

Montrant d'adorables quenottes,
Une voix au timbre frappant,
Et de grassouillettes menottes,
Est-ce une raison, belle enfant,

Pour paresser ainsi? j'enrage
Quand je vous vois au plus bel âge
Jouer avec des airs si mous.

Moins de feu dans les yeux, coquette,
Plus de feu dans le jeu, soubrette;
Et Brohan peut renaître en vous!

XXXVI.

MÉLINGUE.

La face longue et pâle où grimace un souris
Blagueur, la voix stridente et nasale du reste,
Des encanaillements d'attitude et de geste
Qui pâment les titis juchés au Paradis.

Sachant se costumer, s'étaler et se battre,
Harnacher un manteau, mettre la dague au vent,
Bousculer, ferrailler, faire le diable à quatre,
Criant fort, sinon juste, et parfois enlevant.

Pétri de défauts — bah! son public les adore.
Artiste — il fut sculpteur, il l'est peut-être encore:
La dague au poing hier, l'ébauchoir aujourd'hui.

Et l'on ne peut finir que par cette épigramme:
Nul sculpteur ne sait mieux s'escrimer au gros drame,
Et nul comédien vous sculpter comme lui.

XXXVII.

DARAM.

Blonde comme un rayon de miel, de ce blond fin,
Soyeux, tendre et léger, doux comme une caresse —
Des yeux longs, veloutés, demi-clos de finesse —
Des perles plein la lèvre, un front de clair satin ;

La joue ovale pur, où sourit adorable,
Un signe tout esprit — pour voix des sons riants,
Gammes de rires gais et trilles scintillants,
Pleins de fraîcheur, d'éclat et de science aimable ;

Des jambes à ravir, des gestes délicats,
Et de petits pieds vifs, emportant, scélérats
Et charmeurs, tous les yeux dans leur mignon sillage.

Vous brûlez les naïfs et vainquez les hargneux,
Mignonne ; tous sont pris par l'oreille ou les yeux ;
— Et les cœurs et les mains battent pour vous, beau page !

XXXVIII.

GRENIER.

N'ayant que la peau sur les os,
De geste impatient et de vive grimace,
 Un nez de perroquet, lourd, gros,
Si prompt et culbutant que parfois il s'en casse.

 L'œil ahuri, petit, éteint,
La voix qui va par bonds, active et nasillarde;
 Gris, jaune et tout poudreux de teint,
Le jeu semblant commun, fin quand on y prend garde.

 Son triomphe : le petit vieux
Ratatiné, ridé, gratiné, qui se glisse
Comme un vieux papyrus convaincu de jaunisse.

 C'est un acteur très-curieux
De son art endiablé, qui cherche et qui furète,
Mesuré sous l'air fol, — un vrai casse-noisette.

XXXIX.

ADELINA PATTI.

Que diantre voulez-vous, marquise,
En vérité,
Sur vous que l'on glose ou l'on dise?
Tout est chanté.

On a vos yeux, vos sons, vos mines
Divinisé,
Votre rire, à vos lèvres fines
Un peu pincé.

On vous assure dramatique,
La fleur vous grêle... est fanatique
Le long bravo.

C'est convenu vous êtes perle,
Et bien sifflé serait le merle...
Faisons l'écho !

XL.

FRÉDÉRICK LEMAITRE.

Le plus irrégulier et le plus impudent
De tous ceux qui jadis firent croûler les salles
Sous les bravos ; celui qui fit plus de scandales,
Gagna plus de lauriers et resta le plus grand ;

On voit parfois encor le vieux lion, au buste
Puissant, aux longs cheveux pâlis, au front brûlant,
Descendre sur la scène et s'escrimer, ardent,
Mais la voix meurt et traîne au corps toujours robuste.

— Plus de force ! et pourtant quels réveils, quels éclats,
Quelle superbe allure, et quels mots dits tout bas
Qui font frissonner ! — puis il a toujours son geste...

C'est le dernier rayon du soleil éclipsé,
C'est le sublime adieu du vieillard épuisé ;
Ah ! combien donneraient leur tout pour ce seul reste.

XLI.

MADELEINE BROHAN.

Un teint de lys et des cheveux de moire
Noirs, sillonnés de grands reflets d'azur,
Des mains d'enfant, un sein de marbre pur
Nacré, — des yeux vifs sous le front d'ivoire ;

Un jeu coquet, facile, nonchalant,
Manquant de feu, d'allure cavalière ;
La verve moindre avec l'esprit Brohan —
Pour Marivaux assez... et pour Molière...

Un peu forte, oui, mais si superbement ;
Un peu méchante, hélas si plaisamment ;
Et, puis avec sa voix d'or, chaude et pleine,

Quel trait malin ne semblerait exquis !
On vient, on voit, on admire, on est pris ;
Et vous passez sans souci, Madeleine.

XLII.

CAPOUL.

Enfant chéri des dames,
Câlin, blondin, gandin,
Grand racoleur de flammes,
Et de moustaches fin ;

La voix, un souffle à peine,
Assez douce pourtant.
L'allure molle et vaine —
L'esprit et le talent?...

Vrai, je ne sais trop dire
S'il est meilleur ou pire ;
Mais le geste à côté.

Beau, son succès l'assure,
Artiste, on me le jure ;
Aimé, couru, coté.

XLIII.

LAMBQUIN.

Un vieux visage jaune et large de machoire,
Flétri, ridé — des yeux clignotants et malins,
Un air de revendeuse avec de belles mains,
De mère La Ressource enfilant son histoire.

Une voix aboyant d'un ton assez brutal,
S'emmiellant soudain et soudain glapissante
Lançant le fort en gueule en gaillarde vivante,
Trop de net seulement, d'accent professoral.

Mais contemplez-la bien dans la *Petite Ville!*
Quel pas, quel nez, quel geste en exhibant sa fille!
Quels appels en dedans, quels saluts, et quel chant!

Comme elle sait Regnard et dégoise Molière!
Savez-vous bien qu'à faire ainsi pouffer, commère,
Le mérite n'est mince et mignon le talent.

XLIV.

LES DEUX BERTON.

Tous les deux blonds ; — mais l'un grisonne :
Tous deux prompts à dire ardemment :
J'aime — mais l'un en zézayant,
L'autre avec une voix qui tonne.

L'un froid, l'autre bouillant — chacun
A son jeu, son accent, son âme.
Si Scribe a trop sévi sur l'un,
L'autre a trop passé par le drame.

Tous deux élégants — tous les deux
Souvent applaudis comme quatre.
— Tous deux adorés au théâtre...

Et je ne sais qu'un envieu,
Qui puisse, d'un air bon apôtre,
Dire de l'un : J'aime mieux l'autre.

XLV.

PASCA.

Un peu sèche, le teint mat, la tête petite,
Le sourcil prompt, le front marqué d'un pli songeur,
Bas, sous des cheveux lourds ; la lèvre qui s'irrite
Et remonte un peu dans le mépris, la fureur.

Le corps digne, élégant, la voix peut-être lourde ;
Un jeu tout contenu, qui s'emporte tout bas,
Simple, mais où l'on sent une passion sourde.
Si l'on osait dire : elle a de mornes éclats.

Femme du monde avec tout le feu de l'artiste,
Point de convention — c'est une réaliste ;
Mais sans nul mauvais goût et sous l'air élégant.

Elle est, elle sera surtout, — car c'est une âme
Qui veut — comédienne et presque grande dame ;
Chez elle, l'art est tout et le métier absent.

XLVI.

GEOFFROY.

Les yeux à fleur de tête et rond comme une pomme,
La voix bien à son aise et le geste bien franc,
Le front bien ahuri, l'allure bien bonhomme,
Vrai, simple et naturel, comédien pur sang.

Il ne se grime pas, il ne dit pas un rôle,
Il est lui — C'est bien lui qu'on voit vivre et marcher,
C'est le type lui-même et qui vous vient chercher,
Et non plus un acteur suant pour être drôle.

Ah ! le bon gras *Prud'homme* avec sa vanité,
Le bourgeois dans sa fleur, bien posé, bien renté,
Portant bien satisfait et le ventre et la tête,

Lovelace économe et quadruple entêté,
Conservateur et bête avec férocité —
Mais dieux ! qu'il faut d'esprit pour faire ainsi la bête !

XLVII.

MARIE LAURENT.

Des traits virils, de très-beaux yeux,
Noirs diamants, d'où la colère
Aime à jaillir, — gestes fougueux,
Un teint mat, une lèvre amère,

Un sourcil sombré et violent,
Une voix peut-être grossière,
Mais sonore et vous empoignant, —
Superbe aux haillons de misère,

Dans l'injure et l'emportement,
Ce qui s'exagère et se rend
Crûment, ce qui se crie, et s'ose.

Une actrice de boulevart,
Plus de tempérament que d'art;
Une tragédienne en prose.

XLVIII.

COQUELIN.

La figure coupée aventureusement,
        La bouche ayant des poses,
Des rires ambigus, et comme un clignement
        Qui vous dit mille choses;

Portant le nez en l'air, actif, insinuant,
        Sémillant et caustique,
Une voix ample et grande, éclatant chaudement,
        Sonore et magnifique;

Un geste énergumène, et vous prenant d'assaut
Le rire, — des yeux vifs et bavards. — Son défaut?
        Il semble trop vous dire :

Voyez comme je suis drôle et réjouissant.
Le grand malheur, s'il l'est? Il l'est. — Appelez-en
        Du succès et du rire!

XLIX.

VICTORIA LAFONTAINE.

Créature mignonne, avec un doux accent
Frêle et frais, où l'on sent murmurer la tendresse,
Gronder le généreux — un charme de faiblesse,
D'honnête, de candide et fier, d'attendrissant.

Un front calme où réside une candeur naïve,
Des yeux bruns où sourit une franche bonté,
Humides, où se peint la douleur chaude et vive,
Et timides, tremblant d'essayer la gaîté;

Des gestes tout petits, imprégnés de jeunesse,
Une simplicité divine, une justesse,
De ton à satisfaire aux plus rudes censeurs.

C'est la fleur au parfum effacé, tendre et sage;
Comme un pâle églantier, une rose sauvage
De rosée emperlée et riant sous les pleurs.

L.

RAVEL.

Gris pommelé, remuant, vif —
Un rire long, mince, qui glisse
Demi-railleur, demi-naïf —
Des yeux tout petits de malice.

Une grimace à tous les mots,
A tous les mots un coup de tête,
Un air effaré fin ou bête
Venant on fuyant sans repos.

Hachant un peu phrases et rire,
Fatigant parfois — mais que dire?
Il nous amuse. En vérité

On doute, à le voir si salpêtre,
Si le singe n'est notre ancêtre .
Au moins pour la vivacité!

LI.

BIANCA.

Des cils sans fin et de grands yeux pleins d'âme
Noirs, veloutés, profonds, désespérants,
Doux à ravir ou ruisselants de flamme,
Pleins de langueur, ou d'esprit pétillants ;

La dent de perle, et des lèvres où passe
Vibrant, le rire et la voix aux sons purs,
La chevelure effrayante, qui lasse
Le cou pâle, et jette des feux obscurs.

De l'imprévu, de la mutinerie ;
L'allure franche, et de la crânerie
A renvoyer les mots scabreux ou fous ;

Mais, par-dessus, ce grand œil qui, l'infâme,
Sans pitié brûle, et vous va jusqu'à l'âme...
Eh ! pardieu, c'est Bianca, me direz-vous !

LII.

DUMAINE.

La tête ronde et pleine, avec de gros traits doux,
L'œil plein d'intelligence,
Clair, à qui la bonté sied mieux que le courroux;
Mais une corpulence

Effroyable, un amas, un déluge de chair
Qui l'irrite et l'entrave,
Gêne son pas tardif, rend son accent couvert,
Étreint son geste esclave.

Eh bien, ce corpulent, ce Falstaff malgré lui,
Qu'on croirait condamné, quoi qu'il en ait d'ennui,
A rire et faire rire.

Simple, digne et touchant, sait remuer le cœur,
Frapper, étonner, tant que le souris moqueur
Dans les bravos expire.

LIII.

JOUASSIN.

Maigre et pincée avec des yeux gris résignés,
Un nez grand, recourbé comme un bec — lèvre pâle,
Des airs majestueux, sévères, indignés,
Confits en pruderie — une duègne idéale!

Oui, laide; — assez d'esprit pour l'avoir accepté
Franchement; — jeune, mais à se vieillir hardie;
Du vif et du mordant, du fin, de l'emporté,
L'allure de la bonne et franche comédie.

Quel caquet en *Pernelle,* en *Bélise,* quel air
De mûre chasteté! comme elle peint en chair
Et en os l'animal doux, moelleux et tendre :

La belle-mère, avec ses tons aigres et froids!
Quel portrait de famille, et si fou que parfois
(Quel éloge!) on en vit, désarmé, rire un gendre!

LIV.

LAROCHELLE.

Très-assuré, de libre et vif esprit,
Portant un air impertinent en diable,
Au demeurant doux, cordial, affable,
Sous deux aspects, tout franc on l'applaudit...

L'acteur est gai, plein de désinvolture,
Prompt à jeter le mot net et brutal,
Plutôt mordant qu'il n'est sentimental,
Un peu casseur de propos et d'allure.

Le directeur est facile et charmant,
Heureux, poli, bien plus... intelligent !
Oui ces deux mots qui hurlaient d'être ensemble,

Intelligent et directeur, ces mots
Qui s'excluaient pleins d'antithèse et faux,
Paisiblement, grâce à lui, s'en vont d'amble.

LV.

KRAUSS.

Un front bas, écrasé sous un flot de cheveux
Noirs comme l'hyacinthe — une pâle prunelle
Où, quand la passion jette ses sombres feux,
D'éclairs et de rayons se sillonne et ruisselle ;

L'épaule à supporter, hautaine, les lourdeurs
Des pourpres et des ors ; une mâle figure
A mâchoire énergique, une tranquille allure
Où l'on sent sommeiller de superbes ardeurs.

La voix profonde, aux cris comme aux éclats facile —
Don' Anna douloureuse ; inquiète et fébrile
Desdémone, il lui faut et le simple et le grand.

Prêtresse de l'art pur — inspirée, et d'audace
A tenter Beethoven ; oui, mais aussi de race
A vaincre et se grandir, même auprès du Titan !

LVI.

THIRON.

Très-court, très-rond, très-fin, très-leste,
  Très-remuant ;
De regard vif, plus vif de geste,
  Un bon enfant.

Franc du collier, gai de figure
  Et gai d'accent,
Imprévu, mordant, et d'allure
  Étourdissant ;

Mais vagabond, plein de paresse ;
On dirait qu'il est las, et laisse
  Faire au destin.

Parfois si fol et faisant rire
Qu'on s'étonne et va jusqu'à dire :
  Pointe de vin !

LVII.

AUGUSTINE BROHAN.

Encore un grand talent, un talent de grand'rire
Qui nous fuit. — C'est fini, non, plus nous n'entendrons
Ce rire étourdissant; elle ne veut plus dire
Et *Martine* et *Toinette;* et plus nous ne verrons

La servante d'esprit se hancher impudente
Pour braver *Philaminte,* exaspérer *Orgon;*
Nous ne l'entendrons plus sa belle voix vibrante,
Son feu n'errera plus aux lèvres de *Suzon!*

O soubrette maîtresse, ô fille de Molière,
Tes yeux ont vu pâlir leur brûlante lumière;
Et c'est toi, non une autre, et jeune encore! — O dieux!

Les meilleurs s'en vont donc, et c'est fini de rire.
Tout meurt... et son esprit? Ah! l'esprit, je respire,
L'esprit ne peut mourir, et vous vivrez tous deux.

LVIII.

PROVOST PÈRE.

Vous qui l'avez connu, vous le rappelez-vous
Ce grand acteur si simple et plein de bonhomie
Fine, et son jeu discret, patient, exquis, doux,
Son geste inimitable et sa parole amie !

Le voyez-vous marcher, et d'une inflexion
De voix, d'un simple accent effleurant une lettre,
Peindre d'un clignement, d'une exclamation
Saisir, faire à la fois rire et songer. — O maître

De la diction juste et du vrai naturel,
Si délié, si franc, si calme, si réel
Qu'à ton art infini d'abord on n'osait croire,

Tu n'es plus, mais tu vis dans nos souvenirs chers ;
Tes lauriers sont de ceux que le temps laisse verts ;
L'oubli n'est point de taille à ronger ta mémoire.

TABLE.

PARIS. — J. CLAYE, IMPRIMEUR, 7, RUE SAINT-BENOIT. — [872]

www.ingramcontent.com/pod-product-compliance
Ingram Content Group UK Ltd.
Pitfield, Milton Keynes, MK11 3LW, UK
UKHW020944120726
13693UKWH00004B/1522